OLD

올드

50대 아들과 80대 노부모의 어쩌다 동거 이야기

OLD올드

초판 1쇄 발행일 2024년 5월 8일

글, 그림 홍승우
편집인 박희연
대표 박창흠

펴낸곳 트로이목마
출판신고 2015년 6월 29일 제315-2015-000044호
주소 서울시 강서구 양천로 344, B동 449호(마곡동, 대방센트럴디엠시티)
전화번호 070-8724-0701
팩스번호 02-6005-9488
이메일 trojanhorsebook@gmail.com
페이스북 https://www.facebook.com/trojanhorsebook
네이버포스트 http://post.naver.com/spacy24
인쇄 · 제작 ㈜미래상상

OLD
올드

50대 아들과 80대 노부모의 어쩌다 동거 이야기

글·카툰 홍승우

: 차례 :

생신 축하합니다~!

OLD

1. 제 집에서 같이 사실래요?

언제부터인가

나의 젊음이 가고 있다는 것을 느낄 때가 있다.

어? 시간이 다 됐네요.

나이를 먹고 늙는다는 것은 좀 슬픈 일이지만

잘 가~, 젊음....

뭐, 나만 그런 것은 아니니까.

늙어 가는 것이 슬픈 게 아니라

잘못 늙는 것이 슬픈 것이겠지.

너, 내가 누군지 알아?

고객님이죠.

젊음만 새로움이 있는 것은 아니다.

내가 벌써 환갑이라니!

늘어 가는 것도 매번 새롭다.

59세나 60세나 뭐 매한가지지.

그래도 나 환갑은 처음이라고.

나이는 오직 한 번만 먹으니까 말이다.

그래서인지 언제부턴가 먹어 가는 내 나이를 어떻게 요리할지

탁탁

탁

조리법을 잘 배워 놔야 할 것 같다는 생각을 했다.

출 발 DEPARTURE

뜻하지 않게 나는 중년의 나이에 기러기가 되었다.

김치는 냉장고에 잔뜩 넣어 놨어. 그리고...

아, 걱정 말라니까.

가족들에게 걱정 말라 자신 있게 얘기는 했지만

FREEDOM!!!

내가 과연 혼자 잘 지낼 수 있을지 의문이긴 했다.

WELCOME

고민 끝에 나는 대천에 살고 계시는 부모님을 찾아뵈었다.

아이고, 우리 막내가 웬일이야!

아버지, 어머니. 파주에 있는 제 집에서 같이 사실래요?

......

싫으신가 보네.

내일 이사 갈까?

그래요.

헐! 그렇게 빨리요?

부모님의 결정은 항상 속전속결이다.

부모님의 빠른 결정은 과거, 형의 결혼 얘기에도 영향을 끼쳤다.

신우야. 걔 사랑하냐?

네. 사랑합니다.

걔랑 결혼하고 싶니?

네?

네...

그럼, 결혼해.

네?! 정말요?

그 당시 형의 나이 19세였다.

그렇게 초고속 5G 같은 결정으로

'우유부단'이라는 단어가 없네.

부모님 사전

번갯불에 콩 볶듯 이사 오신 부모님.

이삿짐 센터

왔다!

네.

이렇게 나는 40대 후반에 87세 아버지와
78세 어머니랑 함께 살게 되었다.

안녕히 주무세요.

그래.

부모님이 계신 방에서
소리가 새어 나왔다.

아들 집에서
살게 되니
좋수?

응, 좋지!

그럼 이제 내가
죽어도 되겠네.
아들이 옆에
있으니까.

아이고...

당신 죽으면
나도 따라 죽어야지.

입에 침이라도
바르고 말해요~!

까르르르

노부모 사이에 오가는
신파적 애정 표현이
바다 같이 넓고 고독한
내 방으로 스며들었다.

이상하게
더 외롭네...

그냥 혼자 살 걸
그랬나...

드르렁

아냐. 내가
혼자 살았다면

내 나이에 엄마밥을 먹을 수 있었을까!

내일부터는
제가 아침
준비할게요.

쓸데없는 소리 말고 엄마가 해 주는 밥이나 먹어!

70대 노모에게 밥 얻어먹는 만화를 그렸더니,
쉰이 다 된 아들이 늙은이 밥 얻어먹어야 속이 시원하겠냐고
댓글이 달린 걸 봤다.
'아... 역시 웹툰 사이트에 만화를 올리면
이런 댓글을 받게 되는구나!' 싶었다.

실은 우리 어머니는 무척 건강체질이시다.
일제강점기 때, 어머니께서 국민학교 다니시던 시절.
시비 거는 남자아이를 패대기쳐 본때를 보여 줬던,
떡잎부터 여장부였다.
"남자로 태어났으면 정치했을 거야."라고 스스로를 평하시는 분.
특히 밥은 직접 차려 줘야 직성이 풀리는 분이시고,
자식에게는 더더욱 그렇다. 자식의 나이는 상관이 없다.
내가 밥을 해 먹으려고 하면 화부터 내시는 분이라
그때는 그냥 그러려니... 하고 해 주시는 밥 먹었더랬다.
불효, 효를 떠나서 그게 마음이 편한 분이니
맘 편하게 Let it be 하고 싶으신 대로 해 드리는 게 좋다고 생각해서다.

지금은 부모님과 떨어져 지내서 밥 얻어먹을 기회는 거의 없지만
제사나 명절 때면 어머니가 직접 만드신
고기전을 얻어 와 먹기도 한다.

지금 아버지의 노환은 끝을 향해 가고 있다.
어머니는 지금, 그런 초고령 노인을 먹이고 기저귀 가는
노인요양보호사 역할을 하고 계시다.
"그 일을 자식한테 맡기면 내가 속이 편하겠니,
남편이 요양원에 있으면 내가 속이 편하겠니?
내가 여력이 되는 한 내가 할 거야."

OLD

2. 시력과 청력 그리고 추리력

아버지는 시력이 거의 없으시다.

안경은 그냥 패션

그러다 보니 걷는 모습이 종종걸음일 수밖에 없는데

넘어질까 봐 조심 조심

누나가 아버지를 위해 접이식 휠체어와 지팡이를 사 가지고 왔다.

부모님은 무척 좋아하셨다.

우리 딸밖에 없다.

아버지 건강하세요.

하지만 아버지는 1년이 넘도록

그 선물을 한 번도 안 쓰셨다.

딸한테는 미안하지만 되도록이면 늙어서도 자신의 의지로 걸으려고 노력해야 해.

자꾸 장비에 의존하려고 하면 안 돼.

응, 누나. 선물 잘 쓰고 계셔.

네 누나한테 전화오면 잘 쓰고 있다고 해.

맘 상할 수도 있으니.

오늘 만화가들이랑 당구 쳤어요.

뭐?

만화가들이랑 당구 쳤대요.

응.

희한하다. 귀가 어두운 아버지는 내 목소리는 못 들으시는데

사장님이 단골이라 고맙다며 제게 개인 큐대를 주셨어요.

뭐?

어머니 목소리는 알아들으신다.

막내가 단골이라 사장님이 개인 큐대를 공짜로 줬대요.

아버지 귀는 어머니 목소리 주파수에 맞춰져 있는 것 같다.

하지만 매번 하는 수시통역은 힘들고 귀찮은 일.

뭐?

당신 귀가 내 목소리 전용 귀라고요!!!

그래서 나도 주파수를 어머니 톤으로 바꿨다.

요 앞 마트에 가셨어요!!!

응.

그랬더니 아버지가 내 목소리도 잘 들으신다.

네 엄마 없으니 초코파이 하나 더 주라.

문제는 내 주파수가 아예 버릇이 되었다는 점.

내가 어제 당구를 쳤는데!

야. 목소리 좀 낮춰.

볼륨 조절하는 습관을 키워야겠다.

초코파이를 또 많이 먹었구만!

어머니가 마트에 잠깐 다녀오신 사이 아버지가 초코파이 몇 개를 더 꺼내 드셨다.

내가 얘기도 안 했는데 초코파이 많이 드신 걸 어떻게 아셨지?

당뇨병 심해지면 이젠 끝인 거 몰라요?

며칠 후 어머니는 신경통 때문에 몸이 쑤셔서 찜질방에 가시고

아유유~ 시원해~.

저녁 때가 되자 아버지는 나를 찾으셨다.

당 체크 좀 해 줘.

네? 제가요?

아버지는 당뇨병으로 40년 가까이 매일 당 검사를 하고 인슐린 주사를 맞으시는데

꾹

앞이 안 보이시니 혈당을 내가 체크해 드려야 했다.

아! 어머니가 안 계시니 내가 해 드려야 되는구나.

더듬더듬

당 검사를 처음 해 보는 거라 아버지의 설명대로 따라했다.

이걸 기계에 꽂아.

네.

그런데 처음 하는 거라 자꾸 에러가 났다.

어? 검사지에 피가 왜 안 들어가지?

빈비

다시 해 봐.

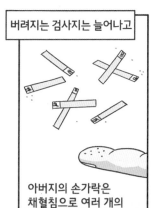

버려지는 검사지는 늘어나고

아버지의 손가락은 채혈침으로 여러 개의 구멍이 났다.

드디어

따딧!

됐다!

됐어?

피를 검사지 끝부분 위에 묻히는 게 아니고 옆쪽에 묻히는 거였네요.

다녀오셨어요?

아이고 내 정신 좀 봐! 아버지 혈당 체크하는 거 깜빡 잊었지 뭐니.

제가 했어요.

네가? 얼마 나왔어?

362요.

뭐야? 300이 넘었어?

냉장고에 있는 사과 많이 먹었구만!

조금밖에 안 먹었어.

조금밖에 안 먹기는! 2개나 먹었네.

언제 꺼내 드셨지?

자백해! 2개 먹었지?

먹었습니다.

3분의 1개 이상은 먹지 말라고 했잖수!

아버지의 거짓말이 들통나는 이유를 이제 알겠네.

어머니에게 혈당 측정기는 거짓말 탐지기였던 거다.

OLD 17 올드

쩝
쩝

노인의
자유

와이프 몰래 먹는
스릴 만점 초코파이.

스릴은 와이프가 곁에 있기 때문이지.

걍 애인
만들까.

아버지의 스릴이 오늘따라 부럽네.

익스트림 스포츠만 스릴인가.
와이프 몰래 하는 그 무엇.
그것만 한 스릴이 어디 있단 말인가!

어머니 몰래 단 거를 드시는 아버지.
노인은 건강의 계곡에서
익스트림 스릴을 만끽한다.
와이프 잘 때 몰래 먹는 술이 꿀맛인...
내가 아버지를 닮았나.

OLD

3. 예쁘고 아름다운 것 좀 보며 살아요

아버지는 격투기 보는 걸 좋아하신다.

끄억 왕 꽝직

앞이 거의 안 보이시지만 과장된 행동과 소리들이 아버지의 기분을 북돋는 것 같다.

퍽

반면에 어머니는

끄어억 꽝 와아

세상에 끔찍해라! 저렇게 잔혹한 걸 좋아하다니!

저런 게 뭐가 좋다고 신나서 보는 거유?

폭력적인 장면을 싫어하신다.

어휴, 내가 저렇게 잔인한 걸 좋아하는 사람과 50년 넘게 같이 살았다니.

엄마, 미국 프로레슬링은 서로 약속하고 연출한 스포츠 쇼예요. 세계적으로 인기가 많아요.

그런 건 혈기 왕성한 젊은이들이나 즐기는 거지. 살 만큼 산 사람이 그렇게 과격한 걸 왜 봐?

그새 또 틀었네. 내가 그렇게 싫어하는데!

와아

빈 방에 TV 한 대 더 연결해 드릴까요? 거기서 편하게 보세요, 엄마.

부부가 따로 본다고?

취향을 존중하는 차원에서...

부부가 그렇게 사는 거 아니다.

아유~ 곱다. 이것 좀 봐요. 마음이 좋아지죠?

응..., 예쁘네.

...

ㄹ

에휴~. 그럼 그렇지.

화장실

끽

으아 쿵 콰직

진짜 내가 미쳐! 또 틀었네! 진짜 싫어!

탕탕

엄마, 아버지 보시게 좀 놔두시면 안 돼요? 전 세계인이 다 보는 건데.

저도 자주 봐요.

50년 이상 같이 산 마누라가 그렇게 싫다는데도 계속 보는 네 아버지가 이해되니?

잔혹성의 문제 이전에

어머니는 아버지에게 여전히 배려받고

사랑받는 여자이고 싶었던 것 같다.

우리집에는 TV가 두 대 있다.

부모님이 우리집에서 사셨을 때 쓰신 옛날 TV를

버리지 않고 창고 벽장에 보관하고 있다가

어느날 나는 가족들과 상의없이 그 TV를 안방에 설치했다.

요즘엔 마나님이 마루에서 드라마를 보면

나는 조용히 안방에서 정치, 경제 방송을 본다.

처음엔 우리 가족도 하나의 TV로 같은 방송을 보았다.

하지만 점점 아이들이 크면서 개인 취향이 생기고

보고 싶은 것들이 달라지자

각자의 방에서 각자의 컴퓨터나 휴대폰으로 따로 보기 시작했다.

그래도 우리 부부는 TV를 함께 보았다.

그러다 우리 부부 사이에도

점점 나뭇가지 갈라지듯 취향이 갈라져

취향의 욕망을 누르며 버티기가 힘들어졌다.

나는 드라마를 잘 모르겠고, 아내는 경제 방송을 지루해 한다.

그래서 옛날 TV를 꺼내어 안방에 설치하고

내가 보고 싶은 영상을 보기 시작했다.

가족들이 약간 술렁댔다.
'아빠가 기분이 안 좋으신가?
왜 안방에서 혼자 TV를 보는 거지?'

한번은 가족들이 함께 식사할 때 얘기를 꺼냈다.
"나는 '따로 또 같이'가 좋아."
각자 자유로운 시간을 보내면서도
가족들이 서로 필요한 순간에는 꼭 모여야 한다고.
요즘엔 안방에 들어갈 때 "개인 시간 보낼게요~!" 하고
문 닫고 들어간다.
가족들은 이제 서로의 개인 시간을 인정하고 존중한다.

그러던 어느 날.
혼자 TV를 보다가 갑자기 이런 생각이 들었다.
'내가 많이 늙으면, 그때도 혼자의 시간을 중요하게 여기게 될까?'
더 깊게 생각해 보니 그건 전혀 아닐 것 같다.
노인의 내가 혼자 TV 보는 모습은 왠지 너무 외로워 보였다.

그때는... 아내에게 '따로 또 같이'를 외칠 것 같지 않다.

어머니가 카톡을 시작하셨다.

어머, 어머. 신기해라.

그거 누르세요

자식들과의 그룹채팅으로 기분이 한껏 들뜨신 것 같다.

하지만 카톡 대화가 길어지다 보면 자연스레 농담 섞인 쓴소리도 하게 되는 법.

양서방은 왜 그런다니!

꾹꾹

카톡을 보내면 바로바로 답장이 왔는데 이 글에는 답장이 없는 딸.

아직도 답장이 안 오네.

자기 서방 욕했다고 화났네, 화났어.

?

전화도 안 받아!

지 서방 흉 좀 봤다고 전화까지 안 받아?

민지 걘 왜 그런다니? 승우야, 내가 못 할 말한 거니?

아뇨.

못된 계집애 같으니라고! 내가 걜 어떻게 키웠는데!

카톡! 카톡!

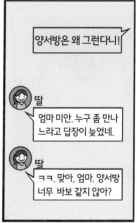

양서방은 왜 그런다니!

👩 딸
엄마 미안. 누구 좀 만나 느라고 답장이 늦었네.

👩 딸
ㅋㅋ. 맞아, 엄마. 양서방 너무 바보 같지 않아?

딸, 삐친 게 아니네.

엄마 마음 알아주는 내 소중한 딸~!

꾹꾹

며칠 후

얘가 삐쳤네! 답장이 안 와!

누나, 시간차 답장을 이해 못 하시는 엄마의 오해를 받기 싫으면

꾹꾹

답장 좀 빨리 해!

OLD

4. 성능이 뛰어난 소통 도구

잘 안 들리시는 아버지를 위해 형이 휴대폰과 블루투스 이어폰을 사 왔다.

이 버튼을 누르시고...

하지만 정작 자식들에게서 전화가 오면

!

이어폰 걸고, 휴대폰 열어 버튼 누르고, 이어폰 버튼을 눌러야 하는 일이 90세 노인에게는 쉬운 일이 아니었다.

여보세요?

여보세요?

못 받으시네.

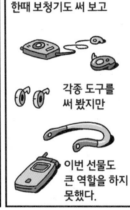

한때 보청기도 써 보고

각종 도구를 써 봤지만

이번 선물도 큰 역할을 하지 못했다.

좀 더 편리한 새 제품을 찾아보고 있어요.

안 해도 돼. 귀에 뭐 차는 거 불편하더라.

그냥 안 들리면 안 들리는 대로 살겠다고 하신다.

괜한 수고 하지 마.

얼마 후 형이 또 다른 소통 도구를 가져왔다.

아버지, 저 왔어요.

어여 와.

큰아들의 긴 포옹. 아버지가 너무 좋아하신다.

어허허허~!

그 어떤 소통 도구보다 성능이 뛰어났다.

한참 만화 작업을 하고 있는데 기분이 불쾌한 것이 몸 상태가 좀 이상했다.

어... 왜 이러지?

내게 뭔가 문제가 있음을 감지한 어머니는

이리 와. 혈압 좀 재 보게.

어머, 얘 좀 봐! 혈압이 이렇게 높은데 일을 하고 있어!

그 후 어머니는 독촉을 반복했다.

얼른 병원 가서 진단받고 혈압약 타 와!

괜찮아요. 좀 있으면 나아지겠죠.

얘가 무슨 소릴 하는 거야? 그러다 큰일나려고 그래? 얼른 병원 다녀와!

아, 괜찮다니까요!

안 되겠다. 내가 가서 약 타 와야지.

제 약을 엄마가 어떻게 타 와요?

아, 갈게요. 가면 되잖아요!

어머, 쟤가 왜 화를 내?

고혈압이라니!

난 아직 젊은데!

내가 화가 난 이유는 어머니 때문이 아니라 젊은(?) 나이인 내가 고혈압이라는 것을 받아들이지 못해서였다.

혈압이 높은 편입니다.

고지혈 증상도 있고요.

실은 어머니가 고혈압에 민감한 이유가 있다.

아유~ 쟤가 약을 타 와야 하는데.

약 30여 년 전

여기에 앉아 있어!

끄응~

끄으으...

주르르

어머니 코에서 선지 같은 게 나왔다.

어어... 이런!

동맥경화와 고혈압이 심해져 뇌졸중이 온 것이다.

어서 응급실로 갑시다!

다행히 코로 혈관이 터져 응고된 피가 그리로 나왔다.

어머니는 고혈압이라는 가족력을 자식에게 물려준 것이 마음 불편하셨던 거다.

피검사 결과 나왔어? 약은 탔어? 콜레스테롤은?

화내서 죄송해요.

고혈압은 증상이 없어. 그러다 갑자기 큰 문제가 생긴다구.

엄마, 나도 늙나 봐.

다 늙은 에미 앞에서 쓸데없는 소리!

어서 약 먹어!

내가 고혈압이라니.
내 머리카락이 이렇게 하얗게 세다니.
내가 오십견이라니.
내가 당뇨라니.
내가 이렇게 늙다니!
내가 암이라니!!
내가 죽다니!!!

나도 이제 슬슬 따로 놀기 시작했다.

네가 왜 설거지를 해?

얼마 안 돼요. 금방 끝나요.

그걸 왜 니가 해? 가서 네 일이나 해!

아이고 참!

어머니는 내가 부엌일을 하는 것을 싫어하신다.

어여 가!

거 참... 단호하시긴.

그래서 어머니가 외출하시거나

주무실 때 몰래 부엌일을 한다.

부엌이 깔끔해지고 요리도 해 놓은 걸 보신 어머니.

......

어머나~ 설거지 다 해 놨어? 저녁 준비도 해 놓고. 왜 그랬어~!

헉. 예상 외네. 만족하신 목소리잖아.

아, 알았다. 어머니의 그 목소리는 즉,

그래, 그게 차라리 낫다. 내가 안 볼 때 해.

그게 부담이 덜 돼.

이런 뜻이구나!

OLD 31 올드

OLD

5. 잘 늙으려면 어떻게 해야 하죠?

오늘 네 아버지, 길에서 넘어지셨여.

네? 아버지 연세에 뼈 다치시면 큰일인데요!

어, 그런데... 괜찮아 보이시네요?

내가 짐을 들어야 해서 아버지 혼자 걸어야 했는데

천천히 가요.

앞이 거의 안 보이니까 보도블럭 경사면에 발을 헛디딘 거야.

비틀

그런데 신기하게도 본능적으로 몸을 동그랗게 만들더라고.

데구르르

어머!

낙법 하듯 안전하게 굴렀지.

군대에서 배운 게 몸에 밴 거야.

젊은 시절 훈련이 아직도 몸에 익어 있다니 신기하네요.

톡

동글

얼마전에 본 네 아버지랑 똑같네!

!

본능적이야!

너 태어났을 때 말이다.

집에서 저를 낳으셨죠.

집에서 너를 낳았지.

의사가 갓 태어난 아기 엉덩이를 몇 번이나 때렸는데 아기가 반응이 없었죠.

의사가 갓 태어난 아기 엉덩이를 몇 번이나 때렸는데 아기가 반응이 없는 거야!

엄마는 의사에게 한 번 더 엉덩이를 때려 보라고 했죠.

... 때려 보라고 했지!

마지막 짝 소리와 함께 저는 힘차게 울어 젖혔죠.

짝

응애!

마지막 짝 소리와 함께 응애~ 하고 우는 거야!

엄마 곁에 계셔야 할 아버지는 집 근처 일용약국에서 계란 프라이를 드시고 계셨고요.

말이 되니? 아내는 애 낳느라 죽어 가는데!

빨리 집으로 들어와야지, 프라이는 무슨 프라이야!

먹고 가라고 신신당부해서...

나는 이 이야기를 하도 들어서 레퍼토리를 외우지만

어머니는 매번 처음 이야기하시는 것 같은 모습이다.

어떻게 그럴 수 있어!

미안해.

우리 아이들 태어날 때 내가 아내 옆에 있어서

얼마나 다행인지.

아내가 첫 아이를 임신하고 출산이 임박했을 때,

한 달 동안 가진통이 있은 후 본격적인 진통이 시작됐다.

병원에 가서도 한동안 자궁문이 열리지 않아

아내는 무척 고통스러워했다.

나는 덜컥 겁이 났다.

그때 나는 부모님과 장인 장모님께 전화를 했다.

아내가 출산에 너무 힘들어 한다며...

젊은 사내가 출산의 두려움 때문에 노인분들을 찾은 거다.

그 새벽에 장인 장모님께서 모두 병원으로 오셨다.

지금 생각해도 참 부끄러운 기억이다.

혼자 감당해도 될 일을 연세 드신 분들을 다 부르고...

커튼 사이로 옆 산모가 진통중에 변이 나올 것 같다며

당황하던 목소리.

새벽에 자다 깬 의사가 무척 짜증난 표정으로

제왕절개 수술실로 들어간 기억.

아기의 울음 소리.

애기보쌈으로 돌돌 말려 나온 큰애의 붉은 얼굴.

아내의 자궁에 혹이 있었다며 잘라 낸 혹을
캡슐에 넣어 보여 주던 간호사.
그때의 기억은 도장 찍힌 듯 선명하다.

양가 부모님을 새벽에 부른 건 많이 부끄러웠지만
출산의 기억을 저장할 수 있어 얼마나 다행인지.
만약 그 당시 내가 아내 옆에 없었으면
지금 아내는 섭섭함의 레퍼토리를
매번 처음 얘기하듯 내게 말하겠지.

태몽썰. 그녀가 젊어지는 시간. 룡

일하니?

네.

보고 싶은데, 좀 봐도 되니?

그럼요. 이리 앉으세요.

잘 보이게 그림 크게 해 드릴게요. 보이세요?

응. 조금 보여.

어떻게 이렇게 그림을 그려서 돈을 버니. 기특하구나.

기러기 노릇하는 것도 힘들 텐데. 교육비, 생활비 버느라 애쓰는구나.

뭘요.

너무 무리 하지는 말고.

네. 그런데 오늘은 마감이라 힘들어도 끝내야 해요.

더듬 더듬

애 일하는 데 방해되니까 들어가지 말라고 했는데 왜 자꾸 들어가요~?

5월 MAY
8

그냥 다독여 주고 싶었어.

어렸을 때, 내가 어른이 된 모습을 참 잘 생각해 냈어.

그런 사진 같은 상상력들로 내가 갈 길이 만들어졌지.

상상력과 자신감 있는 선택으로 만들어진 길을 참 잘도 뛰어 왔어.

그런데 중년이 된 지금은 왜 나의 노년이 안 떠오르는 걸까?

길이 끊겼다.

생각과 두려움이 많아져서 어떻게 살아 가야 할지 어떻게 늙어 가야 할지 전혀 그림이 그려지지 않더라고.

그냥 여기서 이대로 늙어 버리는 걸까?

이것 좀 봐 봐.

엇. 너는 나의 어린 시절.

60대 모델 김철두

두렵다고 그 자리에 머문 채 시간이 시키는 대로 늙어지는 것보다는

길이 이어졌다!

네가 스스로 너의 늙음을 만들어 가야 해!

시간에 상관없이 말야.

OLD

6. 미역국 정말 맛있다

가지볶음 싫은데...

미안, 저녁 땐 고기 구워 줄게.

!

가지볶음

아들, 군소리 말고 그냥 먹지 그래?

이거라도 감사한 줄 알아~.

실은 나도 어렸을 때 밥투정을 많이 했다.

미역국 싫은데...

아빠는 너무 맛있는데!

내 평생 아버지가 밥투정 하시는 걸 본 적이 없다.

음식을 제공받는 것만큼 감사한 일은 없지.

전쟁 후 수년간 노숙생활.

아버지의 말씀이 전적으로 옳다는 것을 성년이 되어서야 알았다.

엄마밥 먹고 싶다.

독립생활 2년째.

라면

와~ 가지볶음 대박 맛있어!

배고팠다가 먹으니 진짜 맛있지?

아들도 할아버지의 가르침 이어 갔으면.

어머~

노인분들 손잡고 다니시는 거 보기 좋지 않아?

응, 뭐.

어쩜 당신은 결혼생활 내내 손 한 번 안 잡니? 응? 우리 부부 맞니?

이혼 안 하는 것만으로도 다행.

응

잡아! 손.

으응...

아유유!

비틀

앞이 보이지도 않는 사람이 왜 이리 서둘러요? 넘어져서 뼈 다치면 끝이야 끝!

미안.

이러니 내가 손을 안 잡을 수가 없지! 으이구~ 힘들어.

할아버지의 로맨틱, 좀 보고 배워, 응?

흘리지 않게 조심해요!

아유~! 화장실이 또 엉망이 됐네!

아버지는 시력이 거의 없으셔서 자꾸만 흘리고 정리를 못 하신다.

어머니의 잔소리는 나날이 심해졌다.

아유~! 바닥에 과자 부스러기 좀 봐!

으이구~. 내가 나이 80 먹고 이게 무슨 고생이야. 전생에 무슨 죄를 지었길래!

제가 치울게요.

돈 버느라 고생인데 니가 왜 해? 놔 두고 네 일 봐.

……

실은

엄마, 아버지는 안 보이고 안 들리시니까 당연하죠. 너무 닦달 하지 마세요.

...라는 말이 목구멍까지 올라왔다.

네.

어머니도 너무 힘드 셨겠지.

저녁 식사 후 부엌에서 어머니와 얘기를 나누다가 대천에 사시던 때 이야기를 듣게 되었다.

한 4년 전쯤인가.

새벽에 일어났더니 네 아버지가

더듬더듬 마루를 헤매고 있더라고.

이 새벽에 뭐 찾아요?

화장실이...

어디유?

쭈르르

8년간 매일 가던 화장실을 못 찾고 방뇨를 하다니...

전혀 다른 사람이 네 아버지 몸에 들어가 있는 것 같았지.

방뇨한 것을 뒤처리하고 네 아버지를 침대에 눕혔어.

팔다리 쭉~ 펴고 누워요!

여기가... 어딥니까?

밤새도록 온몸을 주물렀어.

대자대비 구고구난 관세음보살!

관세음보살...

밤을 꼬박 새우고 아침에 정신이 돌아왔지.

당신... 뭐 해?

아이고~! 살았네!

안 흘리려고 노력 좀 해 봐요!

어머니는 아버지를 잃을까 봐 두려우셨던 것 같았다.

요즘에는 어머니의 잔소리가 이렇게 들린다.

여보. 정신 흐트러지면 안 돼요!

갈 때 가더라도 잘 가야지!

내가 태어날 때 아버지 연세가 40세였다.
불혹에 막내아들을 본 것이다.
그러니 나는 40세 이전의 아버지 모습을 본 적이 없다.
내 인생 첫 기억이 다섯 살 때니까...
내가 가진 아버지에 대한 첫 기억은
아버지 45세 이후의 모습이다.
실은 그것도 아른아른해서
선명한 아버지의 모습은 50대라 할 수 있다.

초등학교 운동회 때 다른 아빠들은 젊은데
우리 아빠는 할아버지 같다며
아버지에게 투덜댔다가 옆에 있던 엄마한테
크게 혼구녕이 난 일도 있었다.

전쟁과 군생활을 겪은 후
확~ 늙어 버린 외모 때문인지
나이에 비해 더 늙어 보이는 아버지였다.

그렇게 시간이 흐르고 내가 대학생 때였나...
국가에서 국가유공자들에게
훈장과 상패를 새 것으로 보낸 일이 있었다.

아버지는 육군사관학교 8기생, 무공훈장 국가유공자다.
6.25 전쟁 때 괴뢰군 60여 명을 총 한 번 안 쏘고
대화로 설득해 귀순시킨 공로를 인정받아 훈장을 받은 것.
어릴 적, 전쟁 때 훈장을 받았다는 겉핥기식 이야기만 들었지
구체적인 내용은 잘 모르다가 훈장을 실제로 보니
아버지가 달라 보였다.

그날 이후부터 아버지에 대한 나의 인식은 크게 바뀌었다.
건강이 나쁘고, 늙고, 경제적 능력이 부족한 게 무슨 문제인가!
나라를 지키고 적을 아군으로 만드신 아버지다.
그때 나는 아버지의 과거를 모르면서
아버지를 함부로 판단하면 안 되겠구나 싶었다.

아버지뿐이랴!

어느 누구라도 인간에 대해

함부로 판단해서는 안 되는 것이다.

OLD

7. 걱정 마세요. 제가 할게요!

아버지가 몇 번씩 쓰러지는 일을 겪으신 이후로

어머니는 '건강염려증'이 생기셨는데

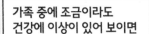

가족 중에 조금이라도 건강에 이상이 있어 보이면

즉시 행동을 취하시는 습관이 생겨났다.

당장 먹어.

헉! 이걸 언제 준비하셨지?

그리고 건강식품을 직접 만들기도 하시는데

흑마늘 효능 조리법

다 먹어.

이렇게 많이요?

좀 강제적인 것이 있기도 하다.

꽈르르~!

어흑! 신이시여!

!

확인해 보니 1~2개씩만 먹어야 하네...

그 덕에

오마니...

가끔 임상실험 대상자가 되기도 한다.

오늘은 혼자 나오셨네요. 할아버지는 댁에서 쉬세요?

할아버지 건강하시죠?

얼마전에 할아버지 넘어지셨다면서요? 좀 어떠세요?

할아버지.

할아버지.

왔어?

당신 돌보느라 정작 허리 휘는 건 난데,

왜 아무도 나에 대해 안부를 안 묻는 거지?

정말 너무들 하네.

젊었을 때부터 영어 공부에 대한 열정이 크셨던 어머니.

민병철 생활영어

지금도 틈만 나면 영어 공부를 하신다.

공책에 빼곡히 반복해 적혀 있는 영어 단어들.

그런 공책이 수십 권이다.

지금도 영어 공부가 그렇게 좋으세요?

너무 좋아!

영어 단어가 기억 안 나면 잠이 안 와서 사전으로 꼭 확인하고 자야 돼.

그 단어가 뭐더라...

어머니께 태블릿PC를 사 드렸다.

사용법은요...

복잡하다고 귀찮아 하실 줄 알았는데 좀처럼 태블릿PC 앞을 떠날 줄 모르신다.

얼마 후 업그레이드 해 드리기 위해 어머니의 태블릿PC를 열었는데,

!

어렸을 적 제대로 교육받지 못한 서러움을 대변하는 듯한 앱들.

수십 권의 공책처럼.

열등의식의 늪에서 헤어나오지 못하던 시절이 있었다.
초등학생부터 고등학생 시절까지
나는 나 스스로를 못나고 부족한 놈이라 생각하며 살았다.
깡마른 몸에 힘 쓰는 데는 젬병이었고
공부도 못했다. 운동도 잘 못했다.
잘하는 건 딱 하나. 그림 그리기였는데...
초등학생 시절엔 그림 그려서 상도 타고 했었다.

중학생이 되니 그림 그리기는 별 쓸모 없는 일이었다.
국영수를 잘해야 했고, 예체능은 딴따라의 일부였다.
주변에 그림 그리는 걸 인정해 주는 사람 하나 없고,
그걸로는 먹고살 수 없다며 핀잔 주는 사람뿐이었다.
그때의 우울감과 안 좋은 추억들은 오십이 넘어도
여전히 뇌리에 잔재해 있다.

한번은 학교에서 미술 전시회가 있었는데

작품을 직접 액자로 만들어야 했다.

그림을 그린 후 화방에서 액자를 만들어

학교에 가지고 갔는데,

미술선생님께서 한마디하셨다.

"액자가 이게 뭐냐. 더 좋은 걸로 다시 해 와!"

그런 일이 있은 후, 나는 좀 더 강해진 것 같다.

'그래? 내가 무슨 일이 있어도 그림으로 먹고살 거다.

선생님뿐만 아니라 그 누구가 욕해도 난 해 낼 거다.

두고 봐라. 해 낼 거다.'

이후 나는 꽤 독해져서 끝까지 그림을 놓지 않았다.

그리고 만화가가 돼서 지금까지 만화를 그리며 살고 있다.

어머니도 대학을 못 다녔다는 열등의식 때문인지

아직도 영어 공부를 하신다.

열등의식.

그 기분이 어떤 건지 잘 알고 있다.

열등의식은 사람을 주눅들게 만들기도 하지만

독기를 충만하게 만들기도 한다.

그때 그 미술선생님...

돌아가셨겠지.

제가 치울게요.

장보기도 제가 할게요.

거기까지 대중교통 불편해요. 제가 모셔다 드릴게요.

'이러면 어머니가 편하시겠지?' 라고 생각한 건 오산이었다.

네가 다 하면 나는 뭐 하니?

!

노인이라도 할 일이 있어야 살아 갈 힘이 생기는 거야.

여기 500원 받으세요.

사랑의 ♥ 동전 나눔
번호표 받으신 분만 오세요

김씨! 어디 가?

동전 받는 곳이 또 있어.

아이고, 500원으로 재벌 되려고 그러는 거여? 허허~.

500원을 무시하는겨?

이게 얼마나 운동도 되고 나에게 활력을 주는데!

너도 어여 따라와!

OLD

8. 좀 더 재밌게 살아요

이번 부모님 생신 어떻게 하기로 했어?

어떻게 하긴. 이번에도 우리집에서 하는 거지.

선물은?

용돈이지. 그걸 제일 좋아 하시잖아.

매번 똑같은 생신잔치 좀 지겹지 않아?

뭐 좋은 생각 있어?

생신 축하합니다~♬

이번에는 독특하게 가면무도회 처럼 마스크를 쓴다든가...

으이그. 말이 되는 소리를 해. 어르신 생신에 가면무도회라니!

가끔은 조금 무모 해야 생활의 활력소가 되는 거라고.

해피 버스데이 투유~~~.

HAPPY BIRTHDAY

생신 축하 합니다~~~.

코로나 가면무도회가 됐네.

서럽다.

얼마전 부모님이 사시던 곳 주인이

보증금과 월세를 올려 달라 했다.

그런데 너무 높게 불러서 이사를 하기로 결정하고

형과 누나가 여기저기 알아보러 다녔다.

누나가 괜찮은 곳을 한 군데 알아봤고 계약 직전까지 갔는데,

입주하시는 분이 누구냐고 묻는 주인의 말에

할아버지 할머니신데, 할아버지가 많이 노환이셔서

어머니가 돌봐 드리고 있다고 얘기했다가

계약이 파기된 적이 있다.

노인들은 안 받는다며...

어찌저찌해서 엄마와 대화하던 누나가

그 사실을 전하게 됐고

어머니는 참 서럽다며 슬퍼하셨다.

'누나... 그런 말은 하지 말지 그랬어. 차라리 거짓말하지...'

물론 누나도 어쩔 수 없는 상황에서 얘기했겠지만.

우리는 보통 "늙으면 서럽다."고 말한다.

과거의 세상은 젊은이들 위주로 흘러갔기 때문이다.

하지만 어머니가 고희가 넘은 요즘에는

뉴스에서 고령화, 초고령화 세상이 왔다고 말한다.

젊은이가 줄어들고 늙은이가 많아지는 세상.

좀 더 시간이 흐르면

노인이 돼도 서럽지 않은 세상이 올까.

내가 더 나이 들면 어떤 세상이 올까.

많이 궁금하다.

성공한 노인들의 다섯 가지 공통점.

① 독립적인 생활에 자부심을 느낀다.

② 남을 돕는 것에 큰 기쁨을 느낀다.

자원봉사

③ 끊임없이 무언가를 익히고 배운다.

④ 젊은이들의 생각을 열린 태도로 받아들인다.

⑤ 나름의 유머 감각을 잃지 않는다.

나도 이렇게 늙고 싶다.

그래, 유머부터 시작하자.

최근에 아마존 부족을 연구하러 간 미국인 이름이 뭔지 알아?

글쎄?

아마... John?

......

5초간 딸아이의 침묵.

분발해야겠다.

50년이 넘도록 한결같은 제사 음식.

시대도 변했고... 제사 음식을 간소화하는 건 어떨까요?

무슨 소리!

와이프 힘들까 봐 그러니? 걱정 마라. 일 안 시키고 엄마가 다 할 테니.

헉! 그런 뜻이 아닌데...!

그러다 몸살이 나셨다.

50년 넘게 하셨으면 충분히 하셨어요.

간소화하는 게 싫으시면 제사 음식을 사다 하시는 건 어때요?

그래, 그렇게 해.

다음해

편해서 좋긴 하구나. 제사 음식들도 제대로 만들었고.

한과나 나물은 식구들이 잘 안 먹으니까 치킨을 대신 올릴까요?

무슨 소리!

다음해

치킨도 나쁘지 않네. 음식도 안 남고.

그럼, 피자랑 족발도 올리고 원래 제사 음식 몇 개를 더 제하시는 건...

무슨 소리!

할아버지, 할머니 제사는
아빠 형제들이 지낼거야.

너희들은
아빠 엄마
제사 안지내도 돼.

단지 명절은 형제
가족이 만나는 정도면 돼.

OLD

9. 선진국으로 가는 길

아~! 그 일을 10년 전에 시작했더라면!

후회한다고 별수 있냐. 지금부터라도 시작하면 되지.

큰 문제 없으면 우리는 100년 이상 살 걸?

그렇게 보면 우리는 이제서야 인생의 반에 온 거라고. 기회는 아직 있어.

그래! 아직 절반이나 남았지. 절대 안 늦었어.

깡

으이구... 매번 실천은 안 하고 후회만 하는 녀석. 이번에는 좀 달라지길...

아~, 딱 한 시간만 일찍 시작했더라면!

까딱 까딱

작가님?

작가님?

매번 마감할 때마다 후회하네!

아야!

!

툭

엇, 아버지. 죄송해요. 의자 치운다는 걸 깜빡했네요.

아, 이게 의자야?

더듬 더듬

아버지 시력이 더 안 좋아지신 것 같아요.

신이 아버지 한테서 하나씩 가져가는구나.

?

이렇게 육신의 것들을 하나둘씩 가져가다가 마지막엔 영혼을 가져가는 거지.

아참, 엄마. 그런 얘기는 좀...

죽음에 대해 초월적인 생각을 가질 연세이시긴 하지만, 자식의 입장에서 그런 얘길 듣는 것은 매번 힘들다.

그게 자연의 섭리인 걸.

어머머! 까르르~

와르르

나도 이렇게 웃으면서 죽을 수 있으면 좋겠구나.

아 참, 엄마. 또 죽는 얘기!

15년이나 함께했던 반려견 페페가 세상을 떠났을 때,
아내와 딸은 밤새 울더라.
반면에 나는 눈물이 나오지 않아서
오히려 당황스러웠다.

가족 중에 나를 제일 좋아하던 녀석이었는데...
나와 함께하던 시간들이 제일 많았는데...
펫로스Pet-Loss 증후군 따위는 내게 없었나 싶었다.
그래. 누구나 죽잖아.
죽음은 슬픈 게 아니야.
그냥 받아들이는 거지.

녀석이 죽고 1년쯤 흘렀을까.

술을 좀 많이 마시고 집에 들어와서

녀석의 유골함과 사진을 보는데

갑자기 미친 듯 보고 싶더라. 이제 와서...

술 기운이었나.

술은 페페 죽고 나서도 자주 마셨는데

오늘 따라 왜 이러지.

그날 나는 폭발하듯 엉엉 울었다.

페페야. 너무 보고 싶다. 한 번만 만져 보고 싶다.

죽음의 택배기사가 증후군을 이제서야 배달한 걸까.

죽음이란 거... 참 알 수가 없다.

식사하고

주무시고

식사하고

또 주무시고

아버지, 주무시지만 마시고 좀 일어나셔서 움직이세요. 저랑 산책도 좀 가시고요.

으... 응.

점점 활동을 안 하려 하시네요. 그럼 건강에 문제가 생길 텐데...

원래 네 아버지는 방콕족이야. 사람들도 잘 안 만나고.

코로나19 바이러스가 한국에도 전파되어 하루 확진자가 급속도로 증가되고 있습니다.

SAMSONG

코로나19

80세 이상 사망자 37%..... 노인..... 가급적 외출 자제. 마스크 ..... 사회적 거리두기...

아버지, 혹시...

선견지명 있으세요?

손흥민

드라이브스루 검역시스템

사회적 거리두기

투표안내

총선 투표율 66.2%

외국은 코로나 때문에
사망률도 높고 사재기도
생긴다던데

우리나라는 위기의 순간에도
침착하게 대응하고 단합도
잘되는 걸 보면

선진국 대열에
들어선 기분이
들어요.

엄마 때는 후진국, 개발도상국
소리만 듣고 살았는데
자식 세대엔 그렇지 않으니
참 다행이구나.

악마의 삶
멈춰 주셔서
감사합니다.

천인공노할...!

범죄 성진국 말고

건전 선진국 이놈들아!

OLD

10. 아버지의 외출

언젠가부터 가슴 뛰는 일이 없어졌다.

새로움도 없어지고

와하하

......

즐겁게 가슴 뛰는 일을 찾으러 많은 것들을 시도해 봤지만

축구

라이딩

술자리

독서

아직도 그게 무엇인지 찾지 못했다.

'나는 자연인이다'를 보면 한편 부럽기도 하다.

누추한 모습이지만 매일매일이 새롭지 않을까? 저렇게 살아 보고 싶다.

그러던 어느 날, 신혼 때 쓰던 옷장이 낡아서 처분해야 할 일이 생겼다.

집도 오래돼서 거실 벽도 많이 낡은 상태.

새로 도배를 해야 하나...

아뇨. 좋은 생각이 있어요.

?

신혼 때 쓰던 옷장의 문짝은 아직 말끔해서 그것들을 다 떼어 낸 후

휴

위잉

거실 벽에 붙였다.

재활용으로 비용도 줄인 데다

쓱쓱

벽이 어떻게 변할지 기대되는 마음.

힘쓰며 땀 흘릴 때 뿜어져 나오는 아드레날린!

그리고 벽과 나무가 딱 맞아들어 갈 때의

탁

쾌감!

완벽하지는 않지만, 그럭저럭 완성했다.

와~!

그날 깨달았다.

날 두근거리게 만드는 걸 찾은 것 같다!

그날 밤

DIY 용품

공구

수납

인테리어

또 밤샌 거야?

네.

'나는 자연인이다'에 나오는 사람 같네.

목공은
장비빨 남자라면
김칫국이지!

'전기톱 사고 동영상' 보고 목공 꿈 접음.

두근거리는 일은 아니지만

내게 아기자기한 재미를 주는 일이 또 하나 있다는 걸 알았다.

화초 키우기.

조금씩 자라는 화초를 보면 내가 잘 키우고 있다는 안도감과

생명 성장의 기쁨, 동물과는 다른 편안한 감정을 주기도 하고...

영화 '레옹'의 주인공인 킬러 레옹이 화초를 다듬는 장면에서

마틸다에게 이런 말을 한다.

"화초는 항상 행복해 하고 질문도 안 해. 나와 똑같지."

나도 마찬가지로 세상의 온갖 요구에 질렸을지도 모르겠다.

화초 키우기에 재미를 붙인 나는 야채까지 키워 보겠다며

온갖 화초씨와 상추씨를 사다가

발아부터 시작해 아주 약소하게나마 재배까지 해서

식탁 위에 올려놓은 적도 있다.

그러다 물을 너무 많이 줘서 모든 작물이 다 죽어 버렸다.

애정이 과해서 독이 되어 버린 것이다.

처음부터 잘할 수는 없지.

지금은 일이 바빠 화초 키우기를 멈췄지만,

시간이 나면 식물 키우기를 다시 시작하려 한다.

식물을 건강하게 잔뜩 키워서

우리집 실내를 정원으로 만들어야지.

자연 청정기를 곳곳에 설치해야지.

야채도 키워서 우리집을 밭으로 만들어야지.

애니메이션 '나무 심는 사나이'처럼

우리집 전체를 숲으로 만들어야지. 그래야지.

오늘도 풍성한 설레발로 굳은 다짐을 한다.

오랜만에 가족모임.

화장실 좀...

계산해 주세요.

많이 나왔을 텐데, 엄마가 왜 내세요! 저희가 같이 내면 되는데!

사 주고 싶어서.

돈 없고 힘 없어도 자식들에게 뭐 하나 해 주고 싶은 게 부모 마음이라는 거. 변함없는 듯하다.

"할머니, 감사합니다." 해야지.

할머니, 감사합니다!

몇 주 후

저희 왔어요!

또 몇 주 후

엄마, 잘 계셨죠?

에휴~.

용돈

저번에 계산한 거 다 다시 돌아왔네.

말씀은 안 드렸어요.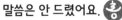

OLD

11. 코로나 시대의 생활

위잉

헉! 아버지. 삭발하셨네요.

잘 어울리지?

주지스님 같아요.

네 아버지는 너랑 다르게 두상이 예뻐서 삭발도 어울려.

은근 아들 디스군요. ㅎㅎ

네 아버지 젊은 시절 군인이었을 때 짧은 머리에 군복, 정말 멋졌는데.

지금은 저 모양이 됐지만...

나도 미장원 가기 귀찮은데 그냥 확 밀어 버릴까...?

!

엄마, 이거 강아지들 털 깎는 바리깡이잖아요!

인간이나 개나 다 같은 동물인데 뭘~. 괜찮아.

소독은 하고 깎으셨죠?

장인어른 기일

106

납골당에 찾아뵈었다.

난생 처음 납골당에 갔을 때
나는 적잖이 놀랐다.

1983
~
2015

1965
~
2005

1996
~
2018

나이가 많지 않아.
이렇게 많은
사람들이 일찍...

아...!
고작 여덟 살!

2008
~
2015

먹먹해졌다.

부모
마음이 어떨지
상상조차
할 수 없어.

죽음은 왜 이토록
불공평한 것일까?

왔니.

네.

아이고, 이게
웬 횡재야.

무슨 좋은
일 있어?

아뇨. 그냥 자주 안아 드리고 싶어서요.

장인어른이 돌아가셨을 때가 생각난다.

심장이 안 좋으셨는데,
평소 즐기시던 대중 목욕탕에서 목욕을 하시다가
심장마비가 와서 탕 물속에 고꾸라지신 후
폐에 물이 차 사망하셨다.
아침이라 목욕탕에 사람도 없는 상황이었다고 한다.
응급실에서 의사들이 장인어른을 살리려고
애쓰던 모습을 잊을 수가 없다.

이후 장인어른을 뵈러 갔던 납골당에서 본
사진 속 여자아이의 웃는 얼굴도
잊을 수 없는 기억이다.

'무한도전'에서 개그맨 박명수가 우스갯소리로
"가는 데는 순서 없어~!"라며 진담 같은 농담을 던질 때,
"맞아." 하며 웃픈 기분으로 초공감했더랬다.

왜 우주는 생명을 이렇게 만들었을까?
왜 죽음에 대해 이토록 불공평하게 만들었을까?

프랑스 배우 알랭들롱이
스스로 죽을 수 있는 선택을 하기로 했단다.
누구는 생각지도 않은 죽음을 선택 받게 되는데
누구는 스스로 죽음을 택한다.

죽음은 참으로 불공평하다.

이번 추석은 코로나 때문에 안 되겠다. 그냥 넘어가자.

내려오지 말라시네.

몇 주 후

추석 때 못 들렀으니 이번 주말에 찾아 뵐게요.

괜찮아. 거리도 먼데 내려오지 마. 우린 걱정 말고.

또 몇 주 후

이번 주말에...

오지 마!

이게 정말 코로나 때문인지 좀 헷갈리는데?

내가 뭔가 잘못해서 밉보인 건 아닐까?

코로나는 핑계고.

그럴리가.

구매 완료!

그동안 이게 없으니 불안해서 말이야.

진즉에 사 놓을 걸.

어딜 가든 마스크를 써야 하고

누군가 재채라도 하면

엣취!

혹시?

코로나 대응 역량에 따라

정치 생명이 짧아질 수도 있는 시대가 되었어요.

짧은 순간에 세상이 확 바뀐 것 같아요.

신이 벌주는 거 아닐까?

그동안 인간이 얼마나 오만했니.

무지막지한 환경 파괴에 이산화탄소 배출.

코로나로 사람들이 꼼짝을 못하게 되니까

COVID-19

미세먼지가 사라지고

와~, 오랜만에 산이 선명하게 보이네!

관광객을 통제한 베네치아는 수질이 좋아져

물고기가 다시 회귀했다잖니.

나랑 노올자~!

코로나로 힘든 요즘 이지만, 오만하게 살지 말라는

자연의 가르침도 명심해야 해! 홍

OLD

왜?

!

방 안에 산소가 좀 부족한지 답답하네요. 환기 좀 시킬게요.

어때요, 좀 상쾌하죠? 창문 열고 자주 환기시키세요.

그래.

산소 부족으로 얘기했지만 실은 노인 냄새 때문에... 정작 본인은 못 느낀다더니, 맞네.

노인 냄새 이유 냄새 제거 방법

?

이왕 환기시키는 거, 집 전체를 환기시키려고. 창문 좀 열게.

아, 네.

집 전체를 환기시킨다고 얘기는 했지만, 실은 홀애비 냄새 때문에...

정작 본인은 못 느낀다더니, 맞네.

같이 산 지 5년째.

지금은 서로의 냄새를
느끼지 못한다.

오래간만에
놀러 온 누나.

환기 좀 하지···

이혼하고 13년 만에 단 둘만의 시간이라니. 기분이 어떨까?

아, 맞다. 생각해 보니 나도 비슷한 기분을 겪은 적이 있지.

기러기 생활로 몇 년 떨어져 있다가 가족 만나러 갔던 적이 있지.

그때 우리 부부 정말 어색했어.

엄마, 아빠. 좀 붙어 다녀.

그러고 보면 나도 간접적으로 이혼을 경험해 본 걸지도 몰라.

56년을 한 번도 떨어져 살아 본 적 없는 두 분... 정말 대단하세요.

네 아빠 건강했을 때 확 이혼해 버렸어야 했는데!

헉!

너무 늦어 버렸어. 네 아빠가 늙은 만큼 내 양심도 커져 버렸거든.

이혼도 타이밍이야.

어머니의 융자금 상환과 아이들 유학비.
일하다 숨넘어가겠다 싶을 때쯤

대출 더
받으면 안돼?

교육비
생활비가
부족해

헤어질까…

그날은 결혼생활 중
아내가 가장 멀게
느껴진 날이었다.

새로운 가족 패러다임의 물결이 몰려올 것 같은 기분.

아내가 제왕절개로 둘째를 낳은 날,

어머니와 통화했다.

"엄마. 저희 둘까지 낳고 끝낼래요.

제왕절개 할 때 피임수술도 같이 했어요."

어머니는 왜 자신들과 상의도 없이

맘대로 피임수술 했냐며 화를 내셨다.

자손에 대한 가치관의 괴리감을 느꼈던 순간이었다.

최근에 아들과 대화하던 중 아들이 그런다.

"난 결혼 안 할 거야." 단정 짓듯 말했다.

"아, 그래. 그럴 수 있지. 결혼이 의무는 아니니까."

자손에 대한 관념의 공감대를 형성한 순간이었다.

어. 그런데. 왜... 좀 씁쓸하지?

혼자 늙어 갈 아들의 모습이 스쳤기 때문이다.

"아들. 다시 한 번 생각해 볼래?"

OLD

13. 미신과 과학의 만남

어렸을 적 자주 듣던 미신

문지방 밟지 마.
복 달아나!

밤에 휘파람
불지 마.
뱀 나와!

흡!

엄마의 충고에
말도 참 잘 들었지.

연세 드신 지금도 여전하시다.

뭐하니?

책상 배치 좀
바꾸려고요.

문 | 책상

이런 위치로
책상 놓지 마라.
복 달아난다.

난
그 위치가
좋은데

福↑

네가 오른손잡이니까
집 안의 복을 문 밖으로
퍼 낸단 말이지.

과학만화
그리는 아들
한테 웬
미신?

福→

이 위치로
책상을 놓으면
복을 안으로
들이기 때문에
괜찮아.

헐

그럼 책상은
저 위치에 놓고
복만 안 나가면
되죠?

?

福↑

나갈 복을
파티션이 막아
주니까 이제
괜찮을 거예요.

미신도 과학으로~!

OLD

OLD 92 올드

어머니는 사주를 보실 줄 안다.

아주 젊었을 때부터 시작하셨는데,

자식을 낳고부터는 온갖 가족행사에

사주팔자 역학을 적용하셨다.

이사부터, 결혼, 출산, 심지어는 외출까지.

사주에는 외출하지 말아야 할 날도 나오는데

운이 나쁘면 크게 사고가 날 수 있는 날이란다.

그런 날은 피하는 것이 좋다는 게 어머니 생각.

사주를 알면 미래를 예측할 수 있어서

미리 조심해서 안정된 삶을 살 수 있겠구나 싶었다.

작은삼촌도 역학을 배워 보겠다며 한동안 공부를 하셨다.

그리고 어느 정도 수준이 되셨을 때 삼촌에게 여쭸다.

"역학 배우시니까 삶에 많이 도움되시죠?"

"음..."

바로 대답을 안 하시던 삼촌이 이렇게 말씀하셨다.

"무서워."

"네? 무섭다고요."

"응. 미래의 나쁜 날들을 아니까 무섭지."

"아..."

미래를 아는 일은 공포를 안고 사는 일이다.

나도 어머니한테 역학을 배워 볼까 하다가

그냥 모른 채로 살자! 하고 생각했다.

아버지에게 내 이름을 자주 불러 드려야겠다.

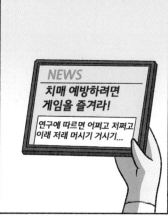

가족의 힘은 어디서 나올까?

모성애일까?

효심일까?

부

처
자

아... 더블 케어인 건가?

손주

아니면 트리플 케어인 건가?

OLD
14. 스스로 할머니
뭐든 스스로 하셔야
직성이 풀리는 어머니.
일 끝나고
제가 버릴게요.
두세요.
쓰레기 버리는 곳이
코앞인데 뭘 너한테 맡겨.
아이고!!!
이런! 할머니,
괜찮으세요?
쿵
병원에 가 보지 뭐.
상황이나 보게.
으이그.
그러게 그냥
두시라니까.
오른팔 아랫쪽에 금이 갔
네요. 깁스 하셔야 합니다.
견딜 만한데요.
병원까지
다녀오시구선
왜 또 깁스는
푸세요?
불편해~! 약이나
좀 타려고 그런 거지.
엄마 깁스 왜 푸시게
그냥 뒀어?
괜찮다니까.
하도 고집을
부리시니까...!
그러다 뼈 안 붙으면
더 고생하신다고요!
......
아니~, 하루종일
일만 하는 아들한테
짐짝 될 일 있어?
우리 상황도 모르고
의사는 자기 주장만
하고 앉았어.
하아
...
쓰레기도 스스로,
병원도 스스로,
깁스 푸는 것도
스스로...!

아이고, 우리 스스로 어린이... 아니, 할머니!

평생 강하게만 살아 온 엄마.
엔젠가는 그날이 올 텐데.

자신감
스스로

건강
체

강
하
게

그만 좀
생각해.
현재만
생각
하라고.

그날을 내가
감당할 수 있을까?

당신은 참 좋겠수!

깃털처럼 가벼워진 우리 어머니.

왜 이리 눈물이 날까.

노인이 되면 죽는 세포가 더 많아지니까...

며칠 후

네 아버지가 못 일어나셔!

지금 집앞이에요. 금방 갈게요.

올 것이 온 건가!

아이고~! 내가 못 살아.

무슨 일이에요?

술 마시면 안 되는 양반이 소주 한 병을 연거푸 마시고 넉다운이 됐어. 내가 못 살아~!

헉!

화장실을 가고 싶어 하시는데 내가 아무리 용을 써도 옮길 수가 없어...!

와— 왜 이리 무겁냐

제가 할게요!

끙! 끙!

쉬~ 하세요, 아버지.

무쇠 같이 무거워진 우리 아버지.

으랏차차!

스스로 좀 움직이려고 해 봐요~!

왜 이리 땀이 날까...

또 술 드실 거예요~, 안 드실 거예요?

안 먹어요.

또 한 번 드시면 가족과 떨어져서 요양원으로 직행이에요! 그래도 좋아요?

싫어요.

어제 고생한 막내아들한테 미안하다고 해요.

괜찮아요, 엄마.

미안해요.

그렇지. 막내아들 소중하죠?

소중해요.

괜찮아요, 아버지. 엄마가 아버지 건강 때문에 그러시는 거예요.

갑자기 아버지와 술 한잔 기울일 때가 생각났다. 그때는 소주 3병도 거뜬했는데...

지금은 아버지가 술을 드시면 건강 상태가 몇 단계 떨어져 회복이 불가능해진다.

건강

그래도 막내아들은 여전히 아버지와 술 한잔 기울이고 싶은 생각이네요.

막내아들 이름이 뭐라고요?

몰라요.

뻘쭘

괜찮아요, 아버지. 건강만 하세요.

아버지는 애주가셨다.
아니, 폭주가셨다.

내가 중학생 시절, 일을 마치신 아버지는
옷을 갈아입으시고 가볍게 씻으신 후,
술장에 들어 있는 양주와
어른 손 한뼘 정도의 큰 컵을 꺼내시고는
냉장고에서 얼음을 몇 개 꺼내 그 컵에 넣으시고는
양주를 콸콸콸... 가득 따르신다.
맥주도, 소주도 아닌 양주.
그리고 그대로 원샷.
그리고 육포 한입을 뜯으시고는
"아~~~~ 쭈우우우타(좋다)~"
씨바스리갈 40도 양주를
대자 컵에 스트레이트로 원샷이라니.
그때 아버지의 나이 50대 중반.

내 기억에 아버지는 매일 그렇게 술을 드셨다.

지금은 연세가 너무 많아서 술을 전혀 드시지 않는데

지금 이 글을 쓰는 2024년의 아버지 연세는 96세.

술을 그렇게 드셨어도 96세까지 살아 계시다.

물론 인생 중간중간에

저 세상으로 뜨실 뻔한 적도 있고

지금은 하루종일 침대에 누워서 지내시지만,

어찌됐든 현재 96세로 장수하고 계신다.

지금 내가 그때의 아버지 나이가 되었고.

나 역시 거의 매일 음주를 즐긴다.

"또 마셔~?"

화를 내는 마나님에게 아버지 얘기를 했다.

"내가 아버지 나이가 되어 보니까 알 것 같아.

그때 아버지의 마음이 어떤 상태였는지.

왜 술을 마시는지..."

"쳇, 술 마시려고 별 이유를 다 대네!!"

역시 눈치 빠른 우리 마누라.

다음엔 그럴싸한 이유를 만들어야겠다.

일하고 먹고 자고. 이런 반복 생활이 벌써 몇 년째.

가족을 위해 하고는 있지만, '이런 삶이 과연 옳은 걸까?' 하는 생각이 든다.

나만의 시간을 갖고, 나를 위한 소비와 투자를 해야

후회하지 않는 노후를 보내게 되지 않을까.

그렇다! 내가 즐거워야 가족이 행복한 거다!

지금이 즐거워야 노후도 즐겁다!

이제부터 날 위해 살자!

나에게 돈을 쓰자! 내가 하고 싶은 걸 하자!

떠나자! 내가 가고 싶은 곳으로!

……

잠깐! 내가 하고 싶은 게 뭐였더라....?

도저히 생각이 안 나네!

내 욕망이 뭔지 그것부터 찾아야겠어.

독서를 취미로 삼아 볼까 노력해 보고.
여행도 다녀 보고.
콘솔과 컴퓨터 게임에 빠지기도 하고,
기타 연주 연습도 해 보고,
한동안 바이크로 라이딩도 해 보고,
사회인 야구단에 들어가 경기도 뛰어 보고,
몇 년간 족구도 해 보고, 등산도 해 보고,
집안 청소와 정리정돈에 몰입해 보기도 하다가
지금은, 다시 식물 키우기에 집중해 보려 노력중이다.

그간의 모습들을 생각해 보면 나는 한 가지 취미에
정착하지 못하고 유목민처럼 떠돌아 다녔던 것 같다.
지금도 여전히 유목민이다.
한 가지 취미에 정착해 꾸준히 오래 하는 사람을 보면
참 대단하다는 생각이 든다. '취미 정착민'에 대한 부러움.

나는 언제쯤 정착할까.
아니다. 어쩌면 내 취미를 찾았는지도 모르겠다.
정착하지 못하고 여기저기를 떠도는
'취미 유목민'이 내 취미 아닐까.

아빠, 그 전에 그 갑옷부터 좀 버려.

OLD

16. 포옹

부모님은 포옹을 매우 좋아하신다.

아버지, 안녕히 주무세요.

그래.

아버지를 안아드리고 일어서려는데,

꽈악.

그래서 좀 더 길게 안아드렸다.

어머니도 마찬가지다.

내 새끼! 우리 막내!

탁탁

장소를 불문하고

탁탁

포옹은 언제나 콜!

그러던 어느 날, 나는 부모님과 우리나라의 정치에 대해 논하게 됐다.

Politics

촛불!

태극기 부대!

우리는 결국 모두 화를 참지 못하고
폭발하고 말았다.

광

저녁
먹을
시간

뭐, 부족한 거 없니?

없어요!

진수성찬

맛있다

아버지,
안녕히 주무세요.

그래!

꽈악

내 새끼!
우리 막내!
으이그!!!

탁탁

꼴

언제든

그날 이후 여태껏
부모님과 나는
정치 얘기를
나누지 않는다.

사실 나는 포옹하는 걸 많이 어색해 하는 성격이었다.

처음부터 포옹을 잘했던 것은 아니다.
가족 사이에 포옹을 처음 시작한 것은 친형이다.
형은 나와는 달리 아주 큰 체격을 가지고 있고
몸무게도 꽤 차이 난다.
큰 덩치의 곰형이 어느 날부터인가
부모님을 만나러 왔을 때
부모님께 크게 포옹해 드리기 시작했다.
큰 덩치의 사내가 왜소한 부모를 안은 모습은
마치 새끼곰을 안은 어미곰 같았다.
나는 그게 참 어색해서 한동안은 보고만 있었다.

왜 그랬을까?
왜 그런 사랑스러운 모습을 어색해 했을까?
사랑한다는 말도 참 오글거리고 이상하다.

그러던 어느 날.

캐나다에 석 달간 머물다 귀국한 적이 있었다.

그때 집에 와서 나도 모르게 처음으로 부모님을 안았다.

부모님은 너무 좋아하셨다.

오래간만에 만난 것도 그렇지만,

스킨십이라고는 중학생 때 이후 전혀 안 하던 막내가

포옹을 한 것이 좋으셨나 보다.

그날 이후.

부모님을 찾아뵐 때마다 나도 포옹을 한다.

이제 포옹은 나에게 자연스럽다.

아! 그러고 보니 아직 포옹이 어색한 가족이 한 명 있네.

곰형.

포옹 스승과 포옹을 하는 모습은

생각만 해도 오글거리고 이상하다.

또 하나의 넘어야 할 산이다.

여보, 배고파요.

밥 먹은 지 얼마나 됐다고 벌써 배고파요?

으이그, 지겨워!

몸은 다 늙어도 위장은 안 늙나 봐.

와!

오.

맛있다.

대애박!

음~

지겹다고 하신 지 30분쯤 됐으려나.

맛있어요?

어머니 얼굴에 미소가 넘친다.

더 만들어 줄게요~.

고마워요.

잘 먹는 사람이 난 제일 좋아.

OLD

17. 아버지의 삶, 어머니의 삶

아이고! 내가 못 살아!

오늘도 안방에서 들려오는 소리.

아버지가 또 사고를 치셨나 보다.

물 먹으러 부엌으로 갔는데

막내야.

네.

네 아버지 오래 살면 어떡하냐.

내 인생은...

뭐라고 얘기해야 하지...

또... 내가 먼저 죽으면 어떻게 하냐, 네 아버지.

결국 요양원 신세가 될 텐데...

나는 아무 얘기 않고

그냥 어머니를 안아드렸다.

나 좀 도와 줘.

저기에 못을 좀 박아 줘.

왜요?

아버지는 아무 말씀도 안 하셨다.

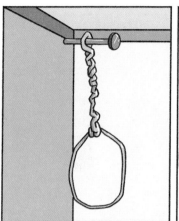

아... 아버지!

거짓말을 했다.

집에 대못 같은 거 없어요. 주변에 철물점도 없고요.

......

며칠 후 안방 청소를 하다가 서랍에서 날카로운 장비들이 가득한 걸 발견했다.

아버지 몰래 모두 치워 버렸다.

다섯 살부터 부모와 떨어져 할머니와 살다가

열아홉 살 때 전쟁이 터져 나룻배를 타고 남으로 피난하다 가족과는 완전히 헤어지고

그대로 누워 있거라

20대 때는 전투를 치르며 살육을 경험하고

전쟁이 끝나고 나서는 먹고살기 위해 갖은 고생을 하다가

작은 직업을 갖게 된 후 어머니를 만나

단출한 약혼식으로 결혼생활을 시작했다.

아버지는 이후에 계속해서 사업 실패를 겪으셨다.

때문에 어머니는 3남매를 키우며 돈까지 벌어야 했다.

아버지가 60대 중반쯤 뇌경색으로 쓰러지셨을 때도 어머니는 끝까지 아버지 병수발을 감당하셨다.

막내아들 이름 기억해 봐요!

몰라요...

글로는 쓸 수 있어요?

뇌경색으로 말도 제대로 할 수 없는 아버지를 회복시키고, 40년간 당뇨병을 앓아도 합병증 없이 살게 해 준 사람.

네 엄마 덕에 나는 인생을 두 번 산다.

네 엄마 아니었으면 난 이미 이 세상 사람이 아니었을 거야.

아버지가 못을 박아 달라는 것도

날카로운 도구를 모아 놓으신 것도

죄책감 때문이 아니었을까.

평생 외로움과 전쟁과 실패로 점철된 인생.

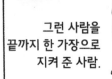

그런 사람을 끝까지 한 가장으로 지켜 준 사람.

나는 아버지도 이해되고

어머니도 이해된다.

단지 지독히도 힘들었던 인생의 막바지, 늙음과 서러움 사이에서

불안과 두려움이 우리 주위를 배회하고 있을 뿐이다.

미안해, 여보.

미안하긴 뭐가 미안해.

당신 인생 힘들게 해서 정말 미안해.

빨리 죽고 싶은데 그게 맘대로 안 돼.

쓸데없는 소리하지 말아요!

당신 죽을 때까지 내가 밥 먹여 주고 기저귀 갈아 줄 거예요.

내가 계속 옆에 있을 테니까 아무런 걱정 말아요!

여보, 사랑해요.

나도 사랑해요.

OLD

18. 다른 시간, 같은 상황

대상포진입니다. 치료실에서 치료 받으세요.

아... 으...

별일이네. 90 넘어서 대상포진이라니.

나, 소변 좀.

아유, 하필 지금...

다녀올게요.

공공화장실에서 아버지 소변 뉘는 일은 처음이네.

끙음

노인이시라 소변 보시는 시간이 좀 오래 걸린다.

다 누셨어요?

아니.

다 누셨어요?

아니.

엄마 많이 기다리겠다.

괜찮아. 천천히 눠.

왜 웃어, 인마.

아니예요. 갑자기 옛날 생각이 나서요. 천천히 누세요.

역지사지

그 당시 아버지의 마음으로.

캐치볼 연습으로 6개월 만에 다 나았다.^^

오십견, 오십견, 말로만 들었지,

직접 겪어 보니 알겠더라.

어깨가 갈기갈기 찢어지는 듯한 고통.

고문 방법으로 좋겠다 싶을 정도의

고통을 한번 느껴 본 이후,

나는 어깨를 갑자기 들지 않도록

최선의 노력을 다하며 살았는데

그만 그 집중력을 놓아 버리고 만 상황이 생겼다.

잠자는 습관 때문인데,

잘 자다가 그만 내가 만세 자세를 취해 버리고 말았다.

아! 한밤중의 깜놀 고통,

만세...

마~이 섭섭해.

염색체의 끝부분에는
'텔로미어'라고 부르는
부분이 있는데

텔로미어

텔로미어가 닳아 없어질수록
세포 생성이 줄어들고
노화가 심해집니다.

운동화 줄이
풀리거나 닳는
것을 보호하는
보호캡처럼

텔로미어도 세포를
늙지 않게 도와 주는
역할을 하는 거죠.

텔로미어가
닳지 않게
하려면

스트레스를
피하고 유산소
운동을 해야
합니다.

텔로미어를 운동화 줄로
비유하다니... 정말 멋져.

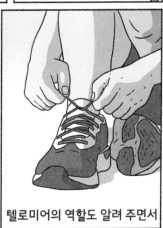

텔로미어의 역할도 알려 주면서

유산소 운동까지 상징하니
일거양득, 일타쌍피의 비유!

헉헉

팟

하지만 운동화 줄에는
의미가 하나 더 있으니...

다다다

아이고~
아저씨!
신발끈 다 풀고
다니시네.

정신'줄' 놓지 말라는 의미도 있었다.

... 우리집 맞아요?

명배우 앤서니 홉킨스 주연의 영화 '파더'를 보았다.
치매 걸린 노인의 이야기를 너무도 현실감 있게 보여 주었다.
영화에서 기억이 뒤죽박죽 섞여 버리는
노인의 당혹스러운 표정을 접했을 때,
우리 아버지가 겪으신 것도
저런 상황이지 않으셨을까 싶었다.

누가 누구고, 여기가 어디고, 지금은 언제인지 모르는
우주 미아적 공포감.
유아 시절, 엄마 아빠를 잃어 버렸을 때의 그 공포감 같은...
무한 공간 속에 혼자 남은 것 같은 그런 기분이지 않을까.

그럴수록 주변의 가족들은 더 긍정적이어야 좋겠다는 생각을 했다.
긍정의 환경으로 노인의 공포를 잠재울 수 있지 않을까 해서다.
이에 대한 이야기는 바로 다음 페이지에 만화로 그렸다.

당분간은 형한테 대접 좀 받으세요.

화장실...

어어... 여기가 아니야.

어어... 여기도...

더듬
더듬

여보! 여보!

왜요!

여기가 어디야?
나 길을 잃었어!

그게 아니고 어제 이사
왔잖아요. 새 집이라 헷갈려서
그래요. 화장실은 이쪽.

네 아버지 새 집에
적응하시려면
시간 좀 걸리겠다.

이런... 여튼
무슨 일 있으면
형한테 바로
콜하세요.

다음날
아침

엇. 여기는
어디지? 내가
왜 여기 있지?

부르 떡

아... 나 지금
출장중이지.

스마일
모텔

익숙한 환경이 새삼 중요
하게 느껴지는 요즘이네.

OLD

20. 내 인생의 해결사

중학교 시절 성적 부진으로 선생님에게 체벌을 당한 후

그 흔적을 발견한 어머니.

어머! 엉덩이가 왜 그래?

그러니까... 그게...

선생님이 때렸어?!

김선생님! 어디 계세요?

아니, 애를 어떻게 때렸기에 엉덩이에 피멍이 듭니까?!

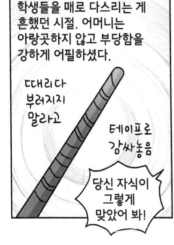

학생들을 매로 다스리는 게 흔했던 시절. 어머니는 아랑곳하지 않고 부당함을 강하게 어필하셨다.

ㄸ대리다 부러지지 말라고

테이프로 감싸놓음

당신 자식이 그렇게 맞았어 봐!

청소용 밀대로 초등학생 엉덩이를 11대 때린 초등학교 교사 실형.

체벌

지금은 그런 식으로 하면 아동학대로 범죄가 된다.

지금 생각하면 엄마는 꽤 진보적이었어.

진보가 아니야~! 엄마라서 그래!

이가 갈려

그때 생각하면 아직도

그때 그 선생님은

엄마에겐 아직도 아들 때린 나쁜 놈이다.

가까운 사람과는 돈 거래 안 하는 게 내 신념이었는데

어머니가 돈이 급하다고 하셨다. 하필 어머니가....

다 갚을 테니 걱정 마. 이자도 든든히...

내 집을 담보로 은행 융자를 받아

큰돈을 꿔 드렸는데...

......

어머니가 그걸 못 갚게 되었고

수억 원에 달하는 그 큰돈을

은행 이자

결국 내가 갚아야 했다.

교무실

내게는 장군 같던 어머니.

내 아들 때린 놈 누구야?!

내 인생의 많은 문제를 해결해 주셨던

나의 히어로 어머니가

지금은 무릎 꿇고 내 앞에 계신다.

승우야, 미안하다.

일어나세요, 엄마...

이제 내가 그때의 엄마가 되어야 할 순간이 온 건가.

그래! 내가 다 갚아 주마!!!

깜빡이 없이 훅 들어와 문제지만.

왜? 무슨 일 있어? 엄마한테 말해.

엄마가 다 해결해 줄게!

엄마가 도와 줄게.

아니예요. 제가 할 수 있는 일이에요.

손주들 유학비는 내가 해 줄게. 걱정 마.

그걸 왜 엄마가 해. 내가 해야지.

엄마, 왜 그러셨어요...

투자한 일이 잘될 줄 알았다...

아버지 대신 집안 경제를 책임졌던 어머니는 그간 꽤 성공적이셨다.

그렇게까지 안 하셔도 자식들 행복하게 사는데!

내가 너무 오만했어.

그 와중에 와이프는 아이들을 데리고 캐나다로 가고

나는 기러기가 됐다.

내가 가장 사랑하고, 내 인생에서 가장 소중한 두 여자가

엄마

아내

나를 가장 힘들게 했던 시절이었다.

죽을까...

그동안 어머니가 날 위해 했던 수많은 희생들.

그동안 아내가 날 위해 했던 그 많은 희생들.

왜 그 순간에는 그걸 떠올리지 못했나.

나만 희생당했나.

살다 보면 이런저런 일들이 생기고,

그 문제들을 해결하며 사는 것 아닌가.

그런데 왜 그때 나는,

나만 힘들다고 생각했을까.

어른 남자. 참 못났다.

그 정도도 못 견뎌 내는데,

어떻게 가족을 이끌어 갈 수 있냐.

가족들 모두 건강하고

삶을 잘 살아 가고 있잖아.

그거면 됐지. 그렇잖아.

힘든 일은 원래 한꺼번에 일어나.

원래 그런 거야.

그러니 차근차근 해결해 나가.

넌 잘 해 낼 거야.

결국 문제를 다 해결할 거야.

넌 할 수 있어.

넌 할 수 있어.

홍작가는 워커홀릭이야.

돈 많이 벌어 좋겠다.

날 얼마나 안다고 함부로 지껄여?

여보, 돈을 좀 더 보내 줘야 할 것 같아.

너 지금 제정신이야?

나 일하다 죽는 꼴 보고 싶어 환장했어?

……

그러니까 무리하지 말며 살자고 했잖아!

유학은 무슨 개뿔! 캐나다는 무슨 얼어죽을!

일하다 숨넘어 가겠는데 무슨 교육이고 나발 이야! 젠장!!!

쭈욱

아이고~ 승우야!!!

미안해, 아들. 너무 미안해...!

미안하단 말 그만 좀 하세요...

참 이상하지. 너무 밉던 엄마인데

그 말이 위로가 되더라고.

OLD

21.10년치의 나트륨

내가 이곳에 들어온 지 얼마나 되었나...

기억도 나지 않는다.

그림을 그리고 먹고 자고의 반복.

꿍!

감옥에서의 무한 루틴.

끝이란 게 있을까...

그냥 영원히 이곳에 갇혀 이렇게 살다 가는 게 아닐까.

그러던 어느 날

오늘로 다 완제하셨습니다. 이제 나오세요.

!

이곳에 또 오지 마시길.

부채 형무소

하아~.

아들!

여보!

여보 고생했어...

내 새끼. 고생 많았다, 내 새끼!

그날 10여 년의 설움이 나트륨과 함께

멈추지 않는 눈물이 되었다.

어머니는 빚 청산 이후 자식들에게 민폐가 되는 노인이 되지 않기 위해 노력하셨고

자식들 짐 되면 안 돼! 정신 바짝 차려요!

캐나다에서 돌아온 아내는 돈벌이를 시작했다.

ます. ません.

인터넷 일어 강사

아이들은 대학 진학 대신 자신의 길을 찾겠다고 한다.

대학 나와도 큰 도움이 되지 않을 것 같아.

그 돈이면 내가 하고 싶은 일에 투자할래.

나는 이제 큰 부담감은 던 상태로 살고 있다.

아, 하늘이 이렇게 예뻤구나.

전혀 못 느끼면서 살았어.

다시 보니 많이 늙었네.

집 장만 영끌족 2030세대.

NEWS

영끌 빚투

!

부동산 값 폭락과 고금리로 비명.

겪어 본 사람은 그 마음을 안다.

아이고~! 어쩌냐~. 저 젊음을!

영끌은 영혼까지 끌어모으는 게 아니야.

빚

영혼이 끌려다니는 거지.

영끌.

대출 인생.

2023년 우리나라 10가구 중 6가구가 금융빚이 있고

가계부채가 4인 가구당 1억 4800만 원,

1인당 약 3700만 원이라고 한다.

빚을 갚기 위해 눈이 오나 비가 오나 출퇴근을 하고

버거운 일들이 꾸역꾸역 넘어와 소화불량에 걸린다.

우리는 어쩌다 이렇게 무지막지하게

당겨 쓰는 인생이 됐을까.

어쩌다 이렇게 영혼이 끌려다니는 인생들이 됐을까.

힘든 일은 로봇과 인공지능에게 맡기고

복지로 살아 가는 사회를 꿈꾸는 건

뜬구름 잡는 일일까.

"삶은 고통이 아니라 행복이야."

라고 말할 수 있는 사회를 꿈꾸는 건

바보같은 짓일까.

노인을 위한
♥FREE HUG♥

……

노인 건강식품을
무료로 드려요!

공짜!

노인아파트 평균가
80% 할인으로
입주 가능합니다!

노인을
위한
분양!

90%
할인!

100%
공짜!!!

노인을
위한
분양

!

핑

혜택이 너무 좋아서
넘어갈 뻔했어.

꿈꿨수?

잘했네요. 걔네들
함정에 넘어가면
이승 생활은 끝이유!

여우 같은
노인네!

안 넘어가네!

우크라이나 전쟁.

인플레이션.
금리 인상.
고물가.

부동산
등폭락.

인구절벽.

사라질
직업들

인공지능의 습격.

SNS

미디어

어휴~!

그때 그 식당

변화와 불안의
토네이도가
일상인 요즘

안정적이고 변하지 않았으면
하는 것들이 많았으면 합니다.

아~, 그 맛
그대로야.

그냥 그대로라도
별 문제없는

일상이었으면 좋겠습니다.

별일 없는 마음이었으면 좋겠습니다.

OLD

22. 저는 뭘 도와 드릴까요?

까딱
까딱
까까딱

홍씨네

엄마, 아버지 기저귀 두 박스 보내 드렸어요. ^^

엄마, 파김치 담갔는데 보내 드릴게요.

야~, 형이랑 누나는 내가 봐도 효자, 효녀야.

부모님 챙기느라 채팅방이 고요할 날이 없네.

까딱
까딱

그러고 보니, 우리집에서 부모님이 이사 나가신 이후로 내가 뭘 해 드린 게 없네.

!

홍씨네

엄마, 휴대용 안마기 사 드릴까요?

니가 왜 돈을 써~!

승우 너까지 안 해도 돼.

막내는 빠지삼.

뭐지? 이 기분은 마치...

신우는 야채 좀 썰어라.

민지는 김치 꺼내 오고.

네.

네.

엄마, 나는? 나는?!

넌 가만히 있는 게 돕는 거야~!

어릴 때로 돌아 간 기분인데.

!

막내는 영원한 막내인 건가.

걷기 운동 1년째.

오 예!

걷기앱을 켜 보니 누적 1000Km를 넘었다!

어디 보자. 1000 나누기 365를 해 보면... 하루도 안 빠지고 매일 2.7Km 정도 걸은 셈!

계산기 ON!

빠샤!!!

서울에서 부산까지 직선 거리를 세 번 오간 거리!

아랫뱃살도 많이 빠지고 혈압도 좋아졌어!

그러자 자신감을 넘어 욕심이 생겼다.

126에 83!

산티아고 순례길을 정복하겠어!

등

총 800Km!

오늘은 안 걸어?

며칠째 고강도 훈련.

산티아고는 나중에 도전하고, 지리산 둘레길부터 할까 봐.

헉 헉 헉

오늘은 8Km 걷기도 벅차네...

그냥 집 근처 심학산 둘레길부터...

털썩

결론

더도 덜도 말고 매일 4Km!

뭐, 산티아고만 길인가? 길은 많아!

건강 순례길을 걷겠어!

지금 아무것도 안 하지만 더 격렬하게 아무것도 안 하고 싶다.

이 정도까지는 아니지만 나도 격렬하게...

인간관계를 줄이고 있다.

싹둑

그간 참 많은 사람들을 만나 왔지만

만나면 만날수록 인간관계는 감정 소모의 장이라는 걸 알게 된 것 같다.

기 빨려...

일 때문에 만나는 관계가 아니라면 요즘엔 사람을 거의 만나지 않는다.

싹둑

그렇게 만남과 약속을 확 줄이고 나니 걱정할 일도 부담되는 일도 없다.

흔들리지 않는 편안함

에이스 침대같은 삶

그러다 갑자기 작고도 큰 고민이 하나 생겼다.

이렇게 쭉 살다가 외로운 노인이 되는 건 아닐까...?

여보, 그간 인연들 끊고 살아도 참 잘 살아 왔죠. 그렇죠?

괜한 인연들 없어서 더 다행이지. 가족관계 하나 건사하는 것도 힘든 일이니까.

나는 당신만으로도 충분해.

일이 힘든 이유는 일이 힘들어서가 아니다.
인간관계가 힘들기 때문이다.

한동안 페이스북을 한 적이 있다.
좋아요가 늘어날수록 내 뇌 속의 도파민도 늘어났다.
한때는 페이스북을 하루종일 켜 놓고 일을 하기도 했다.
그러다 안 맞는 페친을 만나기도 하고
불필요한 감정 소모를 경험하면서
만화 작업 진행에 걸림돌이 되어 갔다.
시간이 흐를수록 도파민의 달콤함보다
인간관계의 씁쓸함이 더 커져 갔고
그 감정의 여파가 만화 작업에까지 영향을 미쳤다.

오천 명이었던 페친을 천 명 대 수준으로 줄였다.
나중에도 또 줄여 볼 생각이다.

쇼펜하우어가 이런 말을 했다고 한다.

"사람은 혼자 있을 때 진정한 자신이 될 수 있다."

고독을 즐기자.

혼자의 장소를 사랑하자.

필요없는 관계를 만들어

괜한 감정 소모를 하지 말자.

우리의 모든 불행은 혼자 있을 수 없는 곳에서 생긴다.

내 촉은 결혼과 출산 후 강해진 거야.

OLD

23. 우리는 낀 세대

내겐 아들이 하나 있다.

대학은 내게 도움이 안 될 것 같아.

대학

병역

군대도 5급, 전시근로역.

병역

!

게다가 방콕 생활을 좋아해서

운동은 더더욱...

몇 달간 집 밖으로 나가지 않을 때도 있다.

직업은 나처럼 그림 그리며 먹고사는 프리랜서.

방콕 생활이긴 하지만 히키코모리까지는 아니다.

양념고기 해 줄 테니 저녁 때 꺼내 먹어.

장가 가면 사랑받겠네.

난 결혼 안 해.

좋은 대학 가고 대기업 입사해서 좋은 여자 만나 결혼해 애 낳고 사는 인생에서

내가 가는 길이

나의 길

어...

꽤나 멀리 떨어져 살아 가는 아들.

짜식. 이쪽으로 고개 한 번 안 돌리네.

관심없어~.

아들~! 아빠 보여?

아~ 그만해 보여~

서로 다른 길을 가는데 눈에는 계속 보이는 그런 느낌.

자식이란 그런 건가.

미련이구먼!

나에겐 딸도 있다.

다녀왔습니다.

빵집 알바중

수고했다.

딸은 아들과는 달리

요즘 표정이 많이 안 좋네.

사회생활을 자주 하는 편인데

엉엉~!

뚱

헉...! 지금 우는 거임?

사정을 들으니 이랬다.

빨리 좀 해!

한국 사람들은 너무 급해.

어리다고 막말하고...

너는 퇴근을 칼같이 하는구나? 그래, 퇴근해~.

한국은 퇴근 시간에 퇴근하면 안 되는 건가?

눈치 없어!

느려!

남자친구 하나 없어?

외국에서 청소년기를 보낸 딸은 한국 문화를 힘들어 했다.

엉엉~!

어쩌겠어. 상황에 적응해야지.

아내는 오히려 단호했다.

방 안에서만 사는 아들.

사회 적응에 힘들어 하는 딸.

읍! 읍!

그래. 우리 세대랑은 다르겠지. 다른 거야.

웩!

티링

티

오늘도 사리 하나가 나왔다.

방콕 게임러버, 아들.

완벽 채식주의, 딸.

자식은 내 뜻대로 안 된다.

내 상상대로 안 큰다. 그런 거다.

나와 아내 몸에서 나왔지만 이젠 완전히 다른 개체다.

몸이 다르고 뇌가 다르니까 당연히 나와 다르다.

남한테 해 끼치지 않고 건강하게 잘 살면 되는 거지.

그렇게 생각하면 우리 애들은

아주 잘 살고 있는 거잖아.

맞잖아. 그렇잖아.

그런데 왜 자꾸 입이 간질거리냐.

오늘도 넓적다리를 꼬집으며

아이들에게 할 말을 참는다.

그래도 이젠 그만 꼈으면 좋겠어.

전쟁과

보릿고개를 겪은 세대.

그 세대가 부모가 됐다.

이 녀석아! 그렇게 끈기도 없고 나약해서 어쩔래?!

그다음 세대는

독재 정권과 IMF 외환위기를 겪은 세대.

그들도 부모가 됐다.

어후... 힘들어.

그렇게 끈기가 없고 나약해서 어떻게 성공할래?

라떼는 말이야~

그다음 세대도...

경기침체

인플레이션

코로나

화르르

좋아! 나의 자식 세대에게도 내 어려움을 얘기해 주겠어!

대한민국 출산율이 0.6명을 바라보는 가운데...

인구 절벽

세계 꼴찌

인구 절벽
세계 꼴찌

그러려면 애부터 낳아야 할 텐데...

1년 전부터 만화 작업에 인공지능을 활용하고 있다.

스토리 만드는 데는 챗-GPT Chat-gpt,

만화 배경에는 미드저니 Midjourney.

만화 수작업의 막노동에 지쳤던 경험자로서

인공지능이 그 구덩이에서 벗어나게 해 주는

괜찮은 도구라고 생각했는데,

나처럼 그림을 업으로 삼은 아들과 딸아이에게는

그다지 좋은 도구가 아닌 것 같다.

아니, 도구라기보다는 경쟁자로 생각하는 것 같다.

생각해 보면 나는 그림 그린 지 꽤나 오래됐고

운 좋게 여전히 연재처도 있고 할 일도 있지만,

이제 막 사회에 뛰어든 입장인 자식들에게는

AI가 자신의 직업을 위협하는 경쟁자로

생각될 수 있겠구나 싶었다.

이미지 생성 인공지능의 그림들은

저작자들의 허락도 없이 학습해서 이미지를 만든다고 한다.

그것에 대한 적절한 저작법이 없어

현재 인공지능 프로그램의 학습에 대해 논란의 소지가 있단다.

때문에 젊은 작가들은 인공지능 사용을 거부하며

인공지능으로 만든 만화나 그림에 대해

과거 러다이트 운동산업혁명 시기 영국에서 일어난 기계 파괴 운동처럼

강력하게 반발하고 있고,

미국에서는 그런 인공지능에 대해

디지털 공격까지 시도하는 인물도 나타났단다.

인공지능 세상은 밀려오는데

인공지능의 '인' 자만 꺼내도,

AI의 'A' 자만 꺼내도 아이들의 된소리가 나오는 우리집.

맞아. 너희들이 맞아!

인간의 뇌와 손끝에서 나온 그림이 진정한 그림이지.

창작의 노력과 고통, 그 과정들의 시간이 없는 그런 그림이

무슨 아트고 예술이겠니.

그건 그냥 하이테크가 낳은 '생산품'이지.

인공지능 때문에 그림 그리는 아이들이 일거리를 못 찾을까 봐
솔직히 걱정이 많이 된다.

아이들이 어렸을 때,
스마트폰 좀 그만 손에서 내려놓으라고
혼내던 때가 생각난다.
와이파이만 끊겨도 난리를 치던 녀석은
내게 인공지능 좀 손에서 놓으라고
뭐라 하는 상황이 됐다.
참으로 아이러니하지 않나!

미국의 천문학자 칼 세이건. 그가 쓴 저서 《코스모스》에는 이런 내용이 있다.

칼 세이건
코스모스
과학도서 1위

은하에는 평균 1000억 개의 별이 있고

그런 은하가 우주에 대략 1000억 개가 있다.

그의 다른 책 《창백한 푸른 점》에는 우주탐사선 보이저호가 토성에서 찍은 지구 모습이 있다.

←지구

참으로 작구나. 지구는 먼지 같은 작은 존재...

그럼, 우주적 시점에서 지구에 사는 인간은 더더욱 작은 존재!

지구

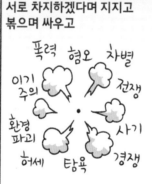

그런 존재들이 먼지 같은 땅을 서로 차지하겠다며 지지고 볶으며 싸우고

폭력 혐오 차별
이기주의 전쟁
환경파괴 사기
허세 탐욕 경쟁

불 태우고 버리고 망가뜨린다.

참으로 어리석고 어리석도다.

언제쯤 인간은 정신을 차릴까!

작디 작은 먼지지만 우린 이를 보전하고 지속시킬 의무가 있다.

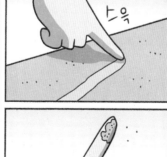

느윽

우리는 먼지를 보전할 의무가...

그냥 청소하기 싫다고 해!

큰 일을 논하기 전에 작은 일부터 잘하자!

OLD

25. 양극단의 아이들

딸이 비건이 되면 두 가지 걱정거리가 생긴다.
① 건강 문제

100% 채식 식단

지금은 어리고 채식을 시작한 지 얼마 안 됐지만

나이가 들어서 문제가 생길까 걱정.

30년간 비건했다가 심각한 문제가 생겨 포기했어요.

미국 비건

우리 딸도 혹시...?

② 인간관계 문제

가족 회식

단골 고깃집에 가기로 했는데, 바꿔야 해?

다른 데 가면 안 돼?

채식 메뉴가 없어서 다시 식당에서 나왔어.

나 때문에 친구들이 불편했을 것 같아.

이러다 우리 딸, 왕따 되는 거 아냐?

계란이나 우유 정도도 안 돼?

응. 안 먹을래.

동물권과 환경, 미래를 위해서.

정말이지... 자식은 부모 뜻대로 안 된다.

아삭 으적

그래. 네 인생이니 네가 선택해서 살아야겠지.

에휴

그리고 바로 그녀의 코앞에서 정반대의 길을 가는 이가 있었으니...

얘들... 한배에서 나온 자식들 맞지?

아들

쩝 쩝

90% 고기 위주 식단

양극단의 아이들.

지금 가족들이 함께 있어서 얼마나 다행인지.

독거노인

늙어서 저렇게 되고 싶지 않다.

이 행복, 오래오래 담고 살 거야.

일 안 하는 2030. 캥거루족 늘어.

!

그렇다고 아빠 엄마한테 너무 의존하면 안 돼!

너희들도 경제적 독립을 해야 해!

누가 뭐랬나

그럼...

슬금 슬금

자, 잠깐!

얘들아, 잠깐!!!

독립하라면서! 어쩌라는 거야~!

아니, 그게 아니고~!

아빠 외로울 때는 옆에 있어 줘~!

걷기 운동 3년간 누적 2000Km.

혈압약을 줄여도 될 정도로 건강이 좋아졌다.

총 2015Km
4213872보

방에 틀어박혀 사는 아들도 좀 걸으면 좋으련만...

운동량 제로.

걷자 좀!

안 걸을 거면 근육 운동이라도 해!

아, 진짜. 싫다니까!

이러면 이럴수록

아들은 동굴의 더 깊은 곳으로 들어가 버린다.

LOCK

까탈스런 놈.

며칠 후

걷고 올게.

유산소 운동이 기관지 건강에 도움된다던데.

기관지 약함

한 달 후

매일 걸으니까 혈압도 낮아지고 좋네.

아빠, 또 걷고 올게.

……

몇 달 후

나 좀 나갔다 올게.

어디?

뭐, 동네 좀.

팽

파 다닥

그렇지!!!

낚였다, 요놈!

언젠간 아빠와 함께 걷는 날도 오겠지.

기다리고, 기다리고, 또 기다리자.

인내하고, 인내하고, 또 인내하자.

아이들이 살아 갈 미래를 위하여!

부모만 자식을 가르치지 않는다.
자식을 통해 부모도 배운다.
그렇게 서로를 겪고 조금씩 변화하고
서로에게 적응한다.
그렇게 이해하고 그렇게 사랑한다.

우리의 생명은 우주적으로 참 짧다.
억겁의 우주 공간에서 눈에 띄지도 않는 작은 별에서
짧은 생명들이 어우러져 가족을 이뤘으니
우리의 만남은 우연이 아니야.

글 쓰다 보니 노래 가사 같아졌지만
우리들은 여전히 부딪히며 조금씩 다듬어지고 있다.
그렇게 세대를 거쳐 깎이고 깎여 부드러워진 자갈들.
여러 개를 한 손에 쥐고 돌리면 기분이 참 좋다.

그렇게 좋은 기분의 날들을 만들어 가자.
그렇게 나이 먹고, 그렇게 늙어 가자.